내마음을어루만져주세요

이정애 시집

시음사
시사랑음악사랑

시인의 말

꿈을 꾸며 살았지만
세상을 핑계로
늘 꿈에서 도망치며
살았나 봅니다

어느 날
외면했던 꿈들이
아우성치며 품안으로
뛰어들었습니다

누군가의 상처를
누군가의 아픔을
보살피는 직업으로 살았지만
정작 나는
위로받을 곳 없어
울었던 날이 많았습니다

이제
나를 위로하고
위로가 필요한 누군가에게
응원의 날개를 달아주고 싶어
시를 씁니다

세상이 내게
너무 혹독하다고 느끼는 날
일상에 지치고 상처받은 날
내 맘을 안아준 것처럼
누군가의 마음을
어루만져 주길 바라며

시인 이정애

QR코드 스마트폰으로 QR 코드를 스캔하면
시낭송을 감상할 수 있습니다

본문
시낭송
감상하기

 제목 : 나는 간호사
시낭송 : 박영애

 제목 : 백마강
시낭송 : 최명자

 제목 : 집으로 가는 길
시낭송 : 박영애

 제목 : 하루
시낭송 : 최명자

 제목 : 사랑이 어떻게 변하겠어
시낭송 : 박영애

 제목 : 새벽기차를 타러 갔다
시낭송 : 최명자

 제목 : 봄에는
시낭송 : 박영애

 제목 : 봄날
시낭송 : 김락호

 제목 : 장마
시낭송 : 박영애

 제목 : 너는 아니
시낭송 : 최명자

 제목 : 겨울, 병산서원
시낭송 : 박영애

 제목 : 겨울 바다
시낭송 : 최명자

 본문 시낭송 모음

영상은 YouTube 정책 또는 운영 관리에 따라 삭제될 수도 있습니다.

시인은 자연을 이야기하고 시낭송가는 자연을 품었다
글자는 날개를 달아 언어로 날고 소리는 자연에 눕는다

내가 좋아하는 사람이 나를 좋아해주는건 기적이야

〈어린왕자〉중에서

* 목차 *

* 목차 *

내 마음이 울고 있어요

나는 마음이 약합니다
스치는 말에도
상처가 납니다

나는 마음이 여립니다
속삭이는 바람에도
눈물이 납니다

나는 마음이 아픕니다
깊은 밤 그리움에 놀라
잠을 깹니다

내 마음을
어루만져 주세요
내 마음이 울고 있어요

- 사회복지시설 근무하면서 언어적 표현을 하지 못하는 장애인들이
  어떤 이야기를 하고 싶을까 생각하며 쓰다

8

나는
마음이약합니다
스치는말에도
상처가납니다
나는 마음이여립니다
속삭이는 바람에도
눈물이납니다
나는 마음이아픕니다
깊은 밤그리움에놀라
잠을깹니다
내마음을어루만져주세요
내마음이
울고있어요

〈내마음이울고있어요〉

위로

가슴 터지도록
울고 싶은 날
내게도 있었어

그래도
하루를 견디면
그만큼 희망이 한 뼘
자란다는 거 아니?

내가 없으면
세상은 아무것도 아니잖아

가장 소중한 건
지금의 나라는 거
잊지 마

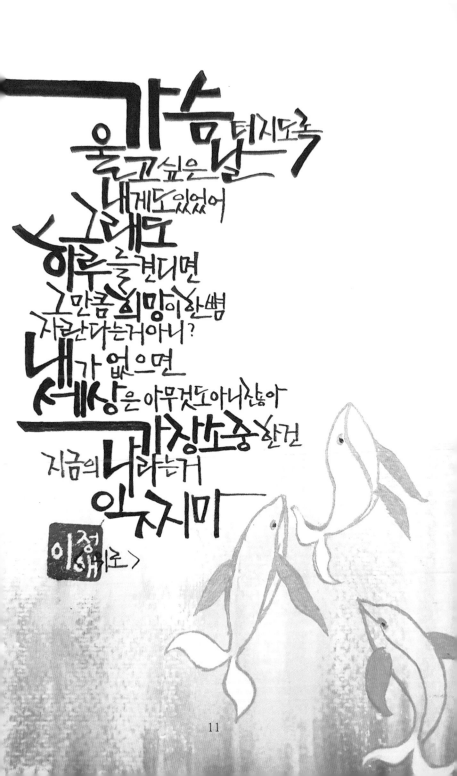

가슴 터지도록
울고 싶은 날
내게도 있었어
그래도
하루를 견디면
그만큼 희망이 한뼘
자란다는거 아니?
내가 없으면
세상은 아무것도 아니잖아
가장소중한건
지금의 나라는거
잊지마

이정화 <시로>

11

바램

내가 꽃이라면 좋겠어
너의 집 앞에
키 큰 해바라기로 피고 싶어

내가 하늘이면 좋겠어
매일 너에게
향기로운 햇살
안겨주고 싶어

내가 바람이면 좋겠어
언제나
네 귀밑머리 살며시 간질이며
곁에 머물고 싶어

정

곶

내가

이라면 좋겠어

너 의 집앞에

키 큰 해바라기로 피고 싶어

내가 하늘이면 좋겠어

매일 너에게

향기로운 햇살 안겨주고 싶어

내가 바람이면 좋겠어

언제나

네 귀밑머리

살며시 간질이며

곁에 머물고 싶어

〈바램〉 이정애

13

고백

당신은
아침 햇살처럼
따스하고
저녁노을처럼
황홀하며
봄바람처럼 향기롭고
가을 하늘
깃털 구름처럼 부드러운
내게 늘
그런 사람입니다

그런 당신을
사랑합니다

당신은
아침햇살처럼
따스하고
저녁노을처럼
황홀하며
봄바람처럼
향기롭고
가을하늘깃털구름처럼
부드러운
내게 늘 그런 사람입니다
그런 당신을
사랑합니다
<고백 윤희

내가 사랑하는 건

나를 떠난 너는
어느 도시
텅 빈 골목을 서성일까

너의 편지는
내 맘에 닿기도 전에
찬 바람에 조각조각 날리고 있는데
날리는 눈송이에 매달린 너의 눈물을
나는 무심히 바라보고 있어

너의 모습, 네 목소리도
떠나는 너를 따라 골목 어디론가 숨어버렸지

너 괜찮으냐고 묻지 않기로 했어
내가 사랑하는 건 너 아닌 나였으니까
차마 말하지 못할 거니까,
그러니까

나를 떠난 너는
어느도시
텅빈 골목을 서성일까
너의 편지는
내 맘에 닿기도 전에
찬바람에 조각조각
날리고 있는데
날리는 눈송이에 매달린 너의 눈물을
난 무심히 바라보고 있어
너의 모습 네 목소리도
떠나는 너를 따라
골목 어디론가 숨어버렸지
너 괜찮으냐고 묻지 않기도 했어
내가 사랑하는 건
너 아닌 나였으니까
차마 말하지 못할 거니까
그러니까

〈내가 사랑하는 건〉 이정애

궁남지에서

칠월이 오면
회귀하는 물고기처럼
그리운 그곳으로 간다

숨이 멎을 것 같던
첫사랑이 거기 있고
하늘색 꿈을 꾸던
곱슬머리 여학생이 거기 있다

사비궁 남쪽 아름다운 연못
기다림에 지친 황포 돛단배
물결에 기대어 잠들고
꽃밭에서 꽃이 된 사람들이
해처럼 웃는다

나도 꽃이 되어
수줍고 어리던 나를 바라본다
내 심장을 가져갔던 첫사랑이
꽃물이 되어
내 맘으로 뚝뚝 떨어진다

칠월이오면
회귀하는 물고기처럼
그리운 곳으로 간다
숨이 멎을 것 같던

첫사랑 애기 있고
하늘 백금을 긋던
곱슬머리 여학생 애기 있다
사비궁 남쪽 아름다운 연못
기다림에 지친 홍황포 돛단배
물결에 기대어 잠들고
꽃밭에서 꽃이 된 사람들이
해처럼 웃는다
나도 꽃이 되어
누추고 어리던 나를 바라본다
내 심장을 가져갔던
첫사랑이
꽃물이 되어
내 맘으로 뚝뚝 떨어진다

〈궁남지에서〉

오늘도 애썼어

맘이 지친 날은
마루 끝에 앉아
하늘을 보자

눈을 감고 가만히
쏟아지는 햇살을 안아보자

뺨에 스치는
바람 소리를 들어보자

힘들었구나

오늘 하루
살아 내느라 애썼어

삶이지친날은
마루끝에앉아
하늘을보자
눈을감고가만히
쏟아지는 햇살을안아보자
밤에스치는
바람소리를들어보자
힘들었구나
오늘하루
살아내느라
애썼어

〈오늘도애썼어〉 이정애

21

그대에게

아침에 눈을 뜨면
물빛 맑은 눈으로
풀잎 같은 노래로
나를 바라보는 네가
내 앞에 있기를

해 질 녘 너의 손 마주 잡고
붉은 저녁놀 뒤로
달빛 가득한 강뚝길을
도란거리며 걸을 수 있기를

별이 쏟아지는 밤
별 하나씩 이름 불러주고
달이 잠들 때까지
너의 어깨에 기대어
꿈을 꿀 수 있기를

아침에 눈을 뜨면
물빛 맑은 눈으로
풀잎 같은 노래로
너를 바라보는 네가
내 앞에 있기를

해질녘 너의 손 마주 잡고
붉은 저녁놀 뒤로
달빛 가득한 강둑길을
도란거리며 걸을 수 있기를

별이 쏟아지는 밤
별 하나씩 이름 불러주고
달이 잠들 때까지
너의 어깨에 기대어
꿈을 꿀 수 있기를

〈그대에게〉

사랑

사랑하여 가슴 아파
속으로 울어본 적 있니?

사랑한다고 목 놓아
외쳐본 적 있니?

사랑하기에 기약 없이
기다려 본 적 있니?

사랑을 위해 너의 슬픔을
감추어 본 적 있니?

가만히 눈을 감고
너의 맘 깊은 우물 속을
조용히 들여다봐

가슴 절절한 그리움이
파도친다면
너는 사랑하고 있는 거야

사랑하여 가슴아파
속으로 울어본 적 있니?
사랑한다고 목놓아
외쳐본 적 있니?
사랑하기에 기약없이
기다려본 적 있니?
사랑을 위해 너의 슬픔을
감추어본 적 있니?

가만히 눈을 감고
너의 맘 깊은 우물속을
조용히 들여다봐
가슴절절한 그리움이
파도친다면
너는 사랑하고 있는 거야

〈 사랑 〉

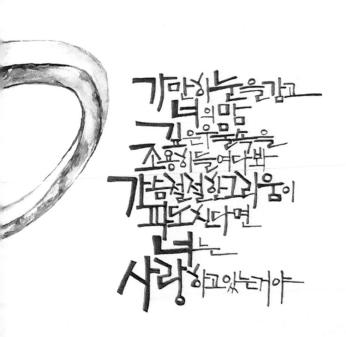

가만히 눈을 감고
너의 맘
깊은 우물속을
조용히 들여다봐

가슴 절절한 그리움이
파도친다면

너는
사랑하고 있는거야

2024. 5
JeongAe

27

나는 간호사

누군가 말했다
천사도 아프냐고

나는 아파서도 안 되고
눈물도 슬픔도 꼬깃꼬깃
하얀 제복 아래 감추어 두었다

사람들은
지친 천사의 뒷모습을
본 적 있을까
펑펑 울고 싶은 날이
너무나 고단하여 주저앉고 싶은 날이
무심코 던지는 상처로
멍들어 가는 아픈 가슴이
천사에게도 있다는 걸 알까

나는 자유롭고
행복하길 바라고
열정적으로 나의 삶을 사랑하는
나는 간호사
사람이다

제목 : 나는 간호사
시낭송 : 박영애
스마트폰으로 QR 코드를 스캔하면
시낭송을 감상할 수 있습니다

누군가 말했다
천사도 아프냐고
나는 아파서도 안되고
눈물도 슬픔도 꼬깃꼬깃
하얀 제복 아래 감추어두었다
사람들은
지친 천사의 뒷모습을 본적 있을까
펑펑 울고 싶은 날이
너무나고단하여 주저앉고싶은 날이
무심코 던지는 상처로
멍들어가는 아픈가슴이
천사에게도 있다는걸 알까
나는 자유롭고 행복하길 바라고
열정적으로 나의 삶을 사랑하는
나는 간호사
사람이다

〈나는간호사〉

내가 갈게

나는
가진 것 하나 없어

아름다운 맘
그것뿐

너에게
줄 수 있는 건
내 지극한 사랑

너의
따뜻한 가슴
거기 있다면

지금 내가 갈게

너는 가진것
하나없어
아름다운 맘 그것뿐
넉에게 줄수 있는건
내 작은 사랑
넉의
따뜻한 가슴
거기있다면 지금
내가갈게

〈내가갈게〉

이정애

31

섬이 되고 싶다

그리운 섬에서
낯익은 이야기를 듣는다
파도가 몽돌을 안고 간질이는 소리
나를 설레게 하고
나를 부르는 소리

내 안에 섬 하나 들여놓고
나도 섬이 되고 싶다
내 고단한 그림자 토닥토닥 잠재워 줄
파도 한 자락 펼치고
지친 눈물 닦아줄 바람 한 떨기 매어 두고
갯바위 햇살 아래 가만히
하루를 보내도 좋은 시간

세상이 몹시 미워지는 날
누군가 눈물 나게 그리운 날
오늘 하루 섬이 되고 싶다

- 영흥도에서

32

그리운 섬에서
낯익은 이야기를 담는다
파도가 몽돌을 안고
간질이는 소리
나를 설레게 하고
나를 부르는 소리
내 안에 섬 하나를 여놓고
나도 섬이 되고 싶다
내 고단한 그림자 토닥토닥 잠재워 줄
파도 안자리 펼치고
지친 눈물 닦아 줄
바람 한 떨기 매어 두고
갯바위 햇살 아래 가만히
하루를 보내도 좋은 시간
세상이 몹시 미워지는 날
누군가 눈물 나게 그리운 날
오늘 하루 섬이 되고 싶다

〈섬이 되고 싶다〉 이정애

33

기도

얼마나 살아야
어른이 될까

얼마나 기다려야
욕심을 버릴까

얼마나 배워야
세상을 깨달을까

얼마나 더 부딪혀야
모난 마음 다듬어질까

욕심보다 배려하는 삶이기를
원망보다 감사함으로 살기를

그리하여
나이 드는 내 모습이
아름답다고 말할 수 있기를

얼마나 살아야
어른이 될까
얼마나 기다려야
욕심을 버릴까
얼마나 배워야
세상을 깨달을까
얼마나 티부딪혀야
모난 마음 다듬어질까
욕심보다 배려하는 삶이기를
원망보다 감사함으로 살기를
그리하여
나이드는 내 모습이
아름답다고
말할 수 있기를

〈기도〉

이정애

35

욕심보다 배려하는 삶이기를
원망보다 감사함으로 살기를
그리하여
나이드는 내 모습이
아름답다고 말할수 있기를

〈기도〉중에서

36

2024.5

JeonsAe

어머니

낮달처럼
오늘은 내 맘이
동구 밖 나무 끝에 걸려 있어요

나 어릴 적
저녁나절도
이렇게 당신을 기다렸는데
다시 볼 수 없는 걸 알면서도
때때로 하염없이 기다립니다

그리움 눈처럼 쌓이고
내 눈물샘 마를 때쯤
꿈에라도 한 번 웃어주기를

오늘도
어머니 그리워
그 길을 서성입니다

낙담처럼
오늘은 내맘이
동구밖나무끝에 걸려있어요
나 어릴적,
저녁나절도
이렇게 당신을 기다렸는데
다시 볼 수 없는걸 알면서도
때때로 하염없이 기다립니다
그리움 눈처럼 쌓이고
내 눈물 샘 마를 때쯤
꿈에라도 한번 웃어주기를
오늘도
어머니 그리워
그림을 서성입니다

〈어머니〉

39

백마강

사비성 휘돌아
구름 같은 강
푸른 절벽에서
꽃잎처럼 지던 여인들이
강물이었다가 바람이었다가
오늘은 고운 단풍잎으로
피어나겠지

그 강변 억새 숲에
가을이 내리고
작은 돛단배 하나
달빛 가득 싣고 떠오면
누구라도 취하지 않을 이 있을까

눈을 감고
쏟아지는 햇살에 몸을 담근다
강물이 굽이굽이 흐르고
억새는 바람 따라 흐르고
그대는 내 맘으로 흐른다

제목 : 백마강
시낭송 : 최명자
스마트폰으로 QR 코드를 스캔하면
시낭송을 감상할 수 있습니다

40

시비성 휘돌아
구름같은 강
푸른 절벽에서
꽃잎처럼 지면 여인들이
오늘 강물이었다가 바람이었다가
오늘은 고운 단풍잎으로 피어나겠지
그 강변 억새숲에 가을이 내리고
잘 익은 듯 단배 하나
달빛 가득 싣고 떠오면
누구라도 취하지 않을 수 있으랴
눈을 감고
쏟아지는 햇살에 몸을 담근다
강물이 굽이굽이 흐르고
억새는 바람 따라 흐르고
그래는 내 맘으로 흐른다

〈백마강〉 이형애

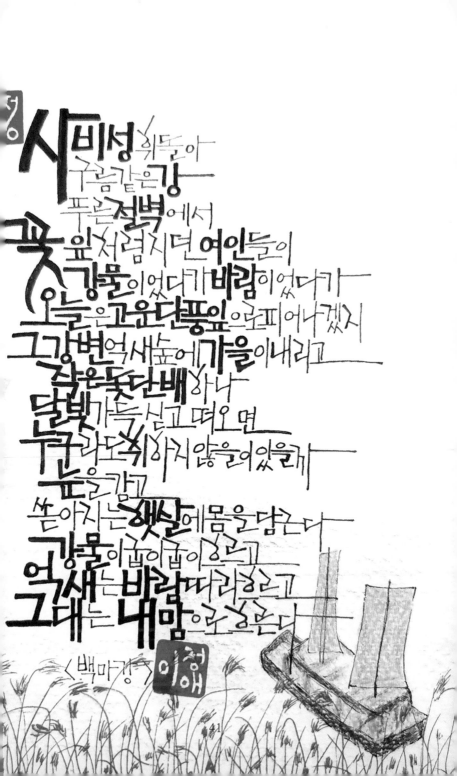

42

사랑한다는 말
미안하다는 말
보고싶다는 말
아끼지말고
살자

집으로 가는 길

해 질 녘 거리는 쓸쓸하다
수척해진 나무들 사이 가로등이
추위에 떨다 등불을 켜는 시간
지친 내 발자국도
노을을 안고 집으로 간다

거리마다 분주한 사람들
외로움 이기려
저마다 헤픈 이야기 하나씩 손에 들고
쉴 곳을 찾아 든다

고단한 마음 기댈 곳 있다면
외로움은 사치라고
하루를 전쟁처럼 살다 보면
그까짓 서러움도 투정이라고
그렇게 하루를 산다
그렇게 또 하루가 간다

제목 : 집으로 가는 길
시낭송 : 박영애
스마트폰으로 QR 코드를 스캔하면
시낭송을 감상할 수 있습니다

44

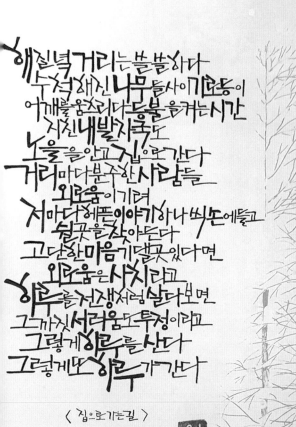

해질녘 거리는 늘 분주하다
수척해진 나무들 사이 가로등이
어깨를 움츠리다 등불을 켜는 시간
지친 내 발치 끝도
노을을 안고 집으로 간다
거리마다 분주한 사람들
외로움 이기려
저마다 헤픈 이야기 하나씩 손에 들고
쉴곳을 찾아든다
고단한 마음 기댈곳 있다면
외로움은 사치라고
하루를 전쟁처럼 살다 보면
그까짓 서러움도 투정이라고
그렇게 하루를 산다
그렇게 또 하루가 간다

〈 집으로 가는 길 〉
시 이정아
Calligraphy Design by

45

하루

해 질 무렵 바다를 보러 갔다
온종일 태양을 품에 안고
황홀하고 치열하고 아름다웠을 바다
파도는 노을에 기대어 단꿈 꿀 채비를 한다

너도 나만큼 고단한 하루였을까
너는 누가 위로해 주니?
물어보았다

하루를 살아 내기가
이렇게 힘에 부치는 날이 있었나

누군가에게 위로가 되는 사람으로 산다는 건
설령 그것이 직업일지라도
결코 쉽지 않다는 걸
살아갈수록 알게 된다

고민하지 않는 삶이 어디 있을까
어두워진 바다
그 아래 무수한 몸부림들
또 다른 하루를 준비하는
눈물겨운 내 청춘도 거기 있다

멍한 눈으로 고개 들어 하늘을 본다
지나간 사랑의 눈동자처럼 깊어진 하늘
거기 하얀 별 하나
애틋한 눈으로 내려다본다
너무 애쓰지 말라고
그저 할 수 있는 만큼만 하면 된다고
내게 말하는 듯

제목 : 하루
시낭송 : 최명자
스마트폰으로 QR 코드를 스캔하면
시낭송을 감상할 수 있습니다

해질 무렵 바다를 보러갔다
오늘의 태양을 품에 안고
황홀하고 치열하고 아름다웠을 바다
파도는 노을에 기대어 마지막 몸 꽃 새비늘한다
너도나 만큼 고단한 하루 없을까
너는 누가 위로해주니?
물어보았다
하루를 살아내기가
이렇게 힘이 부치는 날이 있었나
누군가에게 위로가 되는 사람으로 산다는건
설령 그것이 직업일지라도
결코 쉽지 않다는걸 살아갈수록 알게된다

48

고민하지 않는 삶이 어디있을까
어두워진 바다
그 아래 무수한 몸부림들
또 다른 하루를 준비하는
눈물겨운 내 청춘 도래기있다
멍한 눈으로 고개들어 하늘을 본다
지나간 사랑의 눈동자처럼 젖어진 하늘
거기 하얀 별 하나
애틋한 눈으로 내려다 본다
너무 애쓰지 말라고
그저 할 수 있는 만큼만 하면 된다고
내게 말하는 듯
〈하루〉 유희

49

갱년기

하루가 물에 젖은 듯
무거운 날이 있다.
이런 날은 한바탕 소나기처럼 시간이 내리고
바다에 빗물이 스미듯
내 안의 어지러운 색깔도 향기도
모두 잃어버리면 좋겠다

스치듯 지나가는 인연조차
그리워지는 나이
꿈꾸던 젊은 날을 데려간 세월이 미운 건지
지나는 바람에도 맘이 허허로워
기다리는 이라도 있는 것처럼
바람 한 자락 부여잡고 소식을 물어보았다

그리운 건 그저
지나간 시간일 뿐이라고
감추어 둔 미련이라도 들킨 것처럼
애써 바람을 탓해 보지만
삼킬 수도 없는 그리움이
길어진 내 그림자를 아프게 밟고 서 있다

노을이었을까 달빛이었을까
온종일 바람이 지나간 자리마다
꽃들이 어깨를 부둥켜안고 있다
내 쓸쓸한 등에도 하얗게 달빛이 내려앉는다

그래
내 그림자 흔드는 건
그저 찬 바람일 뿐
내가 흔들리는 건 아니야

저

나루 가물에 젖은 듯
무거운 날이 있다
이런 날은 한 바탕 소나기처럼
시간이 내리고
바다에 빗물이 스미듯
내 안의 어지러운 빛깔도 향기도
모두 잃어버리면 좋겠다
느지듯 지나가는 인연조차 그리워지는 나이
꿈꾸던 젊은 날을 데려간 세월이 미운 건지
지나는 바람에도 맘이 허허로워
기다리는 이라도 있는 것처럼
바람 한 자락 부여잡고
소식을 물어보았다

그리운건 그저 지나간 시간일 뿐이라고
감추어둔 미련이라도 들킨 것처럼
삼킬 수도 없는 그리움이
길 잃은 내 그림자를 아프게 밟고 서 있다
오늘을 이었을까 달빛이었을까
온종일 바람이 지나간 거리마다
골목들이 어깨를 부둥켜 안고 있다
내 쓸쓸한 등에도 하얗게 달빛이 내려 앉는다
그래 내 그림자를 드는건
그저 찬 바람일 뿐
내가 온들 오라는건 아니야

〈 갱년기 〉

53

스페인 어느 거리에서

낯선 거리에서
사람들을 만난다

연극처럼 타인의 삶을 들여다보고
누군가의 향기를 끌어안고
오래된 길을 걸어보는 건
얼마나 설레는 일 인가

아름다움은 화려한 것이 아니라
삶의 때가 묻어 있는 것이고
소중한 것이며
소박한 것이기도 하다

나는 역사 속으로 걸어간다
내가 원하는 무엇이 되어도 좋은 시간
보고 싶은 누구라도 만나게 되는
마법 같은 시간
그리고 돌아가 쉴 곳이 있기에
더 행복한 이 거리

그래서 나는 꿈을 꾼다
오늘은 어느 낯선 거리에서
누구의 그림자가 될까
내가 떠나도 내 그림자는 남아
오래오래 나를 이야기하겠지

낯선거리에서
사람들을 만난다
연극처럼
타인의 삶을 들여다보고
누군가의 향기를 끌어안고
오래된 길을 걸어보는건
얼마나 설레는 일인가
아름다움은
실 화려한 것이아니라
삶의 때가 묻어있는 것이고
소중한 것이며
소박한 것이기도하다
나는 역사속으로 걸어간다
뭔가 원하는 무엇이 되어도 좋은시간
보고싶은 누구라도 만나게되는
마법같은 시간
그리고 들여다 볼곳이 있기에
더 행복한 이거리
그래서 나는 꿈을 꾼다
오늘은 어느 낯선거리에서
내 누구의 그림자가 될까
내가 떠나도 내 그림자는 남아
오래오래 나를 이야기 하겠지

〈스페인 어느거리에서〉

57

사랑이 어떻게 변하겠어

사랑이 변하냐고 내게 물었지
그 말 참 우습더라
사랑이 어떻게 변하겠어
사랑은 변하지 않아
사람이 변하는 거야
사랑은 언제나 거기 있는데
흔들리고 도망치는 사람들 때문에
사랑이 다치는 거야

그러면서 사람들은
밥 먹듯 사랑 타령이더라

그대 한 번이라도
누군가의 정원에서
호미처럼 친절한 적 있다면
사랑도 그대를 외면하지 않았을 테지
사랑은 사람 안에 있으니까

누군가를 위해
기꺼이 나를 태울 때처럼
감동적인 순간은 없을 테니

제목 : 사랑이 어떻게 변하겠어
시낭송 : 박영애
스마트폰으로 QR 코드를 스캔하면
시낭송을 감상할 수 있습니다

58

사랑이 변하냐고
그만, 내게 물었지
그만져 우습더라

사랑이 어떻게 변하겠어
사랑은 변하지 않아
사람이 변하는 거야
사랑은 언제나 거기 있는데
흔들리고 도망치는 사람들 때문에
사랑 다치는 거야
그러면서 사람들은
밥 먹듯 사랑타령이더라
그대 단 한번이라도
누군가의 정원에서
회마처럼 친절한 적 있다면
사랑도 그대를 외면하지 않았을테지
사랑은 사람 안에 있으니까
누군가를 위해
나를 불꽃처럼 이 태울 때처럼
감동적인 순간은 없을테니

〈사랑이 어떻게 변하겠어〉 이정애

59

행복

한 사람은 소소한 일상에서 작은 일에 감사하는 사람

60

61

새벽기차를 타러 갔다

새벽기차를 타러 갔다
아직 잠든 거리 어두운 골목
가로등 아래 부지런한 고양이가
눈을 비비다 놀라 담장을 넘어
어둠 속으로 뛰어갔다
밤새 이슬을 먹은 달맞이꽃은
졸린 듯 꽃잎을 닫으려다
내게 미소 지었다

잠을 설친 기차도 사람들도
조금 게으르고 싶은 시간
설렘 가득한 기다림으로 기차를 탄다

나를 데려다줄 어느 도시
화려한 불빛도 아름답겠지만
이 자리로 돌아올 것을 알기에
여행이 더 행복한 것이리라

언제나 낯선 세상으로 여행을 꿈꾸지만
돌아온다는 믿음이 아니라면
그건 이미 여행이 아니니까

오늘도 새벽기차를 탄다
떠나지만
나를 기다려 주는 이가 있는 이곳으로
다시 돌아오기 위해

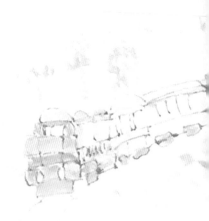

 제목 : 새벽기차를 타러 갔다
시낭송 : 최명자
스마트폰으로 QR 코드를 스캔하면
시낭송을 감상할 수 있습니다

정

새벽기차를 타러 갔다
아직 잠든 거리 어두운 골목
가로등 아래 부지런한 고양이가
눈을 비비다 놀라 담장을 넘어
어둠 속으로 뛰어갔다
밤새 이슬을 먹은 달맞이꽃은
졸리듯 꽃잎을 닫으려다
내게 미소 지었다
잠을 설친 기차도 사람들도
조금 게으르고 싶은 시간
설렘 가득한 기다림으로 기차를 탄다

64

나를 데려다 줄 어느 도시
화려한 불빛도 아름답겠지만
이 자리로 돌아올 것을 알기에
여행이 더 행복 한것이리라
언제나 낯선 세상으로 여행을 꿈꾸지만
돌아온다는 믿음 이 아니라면
그건 의미 여행 이 아니니까
오늘도 새벽기차를 탄다
떠나지만
나를 기다려주는 이가 있는
이곳으로 다시 돌아오기 위해
〈새벽기차를 타러 갔다〉

이정애

65

큰언니

나 어릴 적 큰언니는 참 예뻤다
시골 작은 교회 주일학교 선생님으로
노래도 잘했던 언니는 웃을 때 더 예뻤다
나도 예뻐지고 싶어 언니처럼 웃었던 사진 속엔
못난이 막내의 어색한 표정만 남아 있다

내가 중학교 일 학년이던 해 언니는
가난한 집 구 남매의 장남인 형부를 만나
작은 교회당에서 결혼식을 했다
단지 종교가 같다는 이유 하나로
가장의 고단함을 짊어진 언니를
엄마는 늘 안타까워했다

학업을 포기하고 집에서 혼자 공부하던
언니의 모습을 나는 기억한다
교복 입은 동네 언니들처럼
울 언니도 그랬으면 좋았을 텐데
그렇게 예쁘고 똑똑하던 언니를
집에 묶어둔 아버지가 미웠다

물려받은 땅은 아버지의 유희에 탕진되고
엄마는 가엾은 가장이 되어 매일 장사를 나가셨다
고단했던 엄마를 대신해 내게 엄마가 되어 준 큰언니

날이 어둡도록 아이들과 놀고 있을 때면
'정애야 밥 먹어'
마당에서 나를 부르던 큰언니의 목소리가
지금도 내 귀에 종탑처럼 앉아 있다
고마운 울 언니

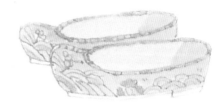

나 어릴적
큰언니는 참 예뻤다
시골 작은 교회 주일학교 선생님으로
노래도 잘했던 언니는 웃을때 더 예뻤다
나도 예뻐지고 싶어
언니처럼 웃었던 사진속엔
못난이 막내의 어색한 표정만 남아 있다
내가 중학교 일학년이던해 언니는
가난한 집 구남매의 장남인 형부를 만나
작은 교회당에서 결혼식을 했다
단지 종교가 같다는 이유 하나로
가장의 고단함을 짊어진 언니를
엄마는 늘 안타까워 했다

학업을 포기하고 집에서 혼자 공부하던
언니의 모습을 나는 기억한다
교복 입은 동네언니들처럼 울언니도 그랬으면 좋았을 텐데
그렇게 예쁘고 똑똑하던 언니를
집에 묶어둔 아버지가 미웠다
물려 받은 땅은 아버지의 유희에 탕진되고
엄마는 가엾은 가장이 되어 매일 장사를 나가셨다
고단했던 엄마를 대신해 내게 엄마가 되어준 큰언니
날 이어 듭도록 아이들과 놀고 있을 때면
정애야 밥먹어
마당에서 나를 부르던 큰언니의 목소리가
지금도 내 귀에 종탑처럼 안겨있다
고마운 울언니
〈큰언니 〉

이정애

그리워라

봄이 온다네
그대도 올까

그대 떠난 발자국마다
동백이 피고
동백이 지고
모란이 피고
모란이 지고

봄날이, 꽃잎이
비처럼 내리면
그리워라
그리워라

봄이 온다네
그대도 올까
그대 떠난 발자국마다
동백이 피고
동백이 지고
모란이 피고
모란이 지고
봄날의 꽃잎이
비처럼 내리면
그리워라
그리워라

〈그리워라〉

이정애

봄 마중

꽃은 어디쯤 오고 있을까
봄은 누구와 함께 올까

봄바람이 졸린 눈을 하고
사무실 작은 창에 매달려
내게 눈 맞춤하자 한다

창을 열까 하다 마당에 나갔다
콧등에 앉은 햇살이
바람 한 줌 손에 쥐어 주며
봄 마중 가라 한다

기다리지 않아도 오는 거라고
툴툴거리는 나를
토닥토닥
수줍은 햇살이 안아준다

봄은
어디쯤 오고 있을까
은 누구와 함께 올까
봄바람이 졸란준을하고
사무실 작은 창에 매달려
내게는 만져 춤하자한다
창을 열까하다 마당에 나갔다
굿등에 앉은 햇살 의
봄바람 한줌 손에 쥐어주며
봄마중 마중가라한다
기다리지 않아도 오는거라고
툴툴거리는 나를
토닥토닥
수줍은 햇살이 안아준다

〈봄마중〉

이정애

동백

꽃이 핀다
휘영청 달 뜨는 밤
붉은 치마 두른 꽃잎
하롱하롱 내려앉는다

차마 못다 한 이야기 너무 많아
밤새 울며 제 몸 떨쳐내고
다시 피어나는 걸까
그래서 찬바람 맞으며
그리도 붉은 가슴으로
타고 있는지 모른다

이토록 화려하고
이토록 애처로운 눈짓을
어찌 외면할 수 있을까

누군가는
그 눈짓 마주하면
그렁그렁 눈물이 나겠다

꽃
이 핀다
휘영청 달 뜨는 밤
붉은 치마 두른 꽃잎
하롱하롱 내려앉는다
차마 못 다한 이야기 너무 많아
밤새 울며 제 몸 떨쳐내고
다시 태어나는 걸까
그래서 찬바람 맞으며
그리도 붉은 가슴으로
타고 있는지 모른다
이토록 화려하고
이토록 애처로운 눈짓을
어찌 외면할 수 있을까
누군가는
그 눈짓만 주하면
그렁그렁 눈물이 나겠다

〈동백〉 이정애

봄에는

봄에는 슬프다 하지 말자
불꽃같던 동백 스러져 가던 날
날리는 꽃잎보다 더 진한 향기로
가끔은 내 심장 멈추게 하던
그대의 노래가 아련하다

봄에는 그립다 하지 말자
못다 한 말들 수북이 쌓이다 무너져
내 가슴 밀치고 흘러내리면
그때 그대 알게 되리라

봄에는 이별을 말하자
그리웠다 말 못하고
떨어져 누운 꽃잎만 시리게 바라보던
그 아득했던 봄날이
바람든 풍경처럼 나를 흔들고 있나니

언젠가 그 애틋한 풍경소리
그대도 듣게 되리라

제목 : 봄에는
시낭송 : 박영애
스마트폰으로 QR 코드를 스캔하면
시낭송을 감상할 수 있습니다

76

봄에는
슬프다 하지말자
붉은 꽃같은 동백 스러져가던 날
날리는 꽃잎보다 더 진한 향기로
가끔은 내 심장 멈추게 하던
그대의 노래가 아련하다
봄에는 그립다 하지말자
못다한 말들 눈물이 쌓이다 무너져
내 가슴 밀치고 흘러 내리면
그때 그대 알게 되리라
봄에는 이별을 말하자
그리웠다 말 못하고
떨어져 누운 꽃잎만
시리게 바라보던
그 아득했던 봄날이
바람 든 풍경처럼
나를 흔들고 있나니
언젠가
그 애틋한 풍경소리
그대도 듣게 되리라

〈봄에는〉 이정애

봄날

바람 부는 봄날
섬마을 작은 우체국에 갔다
섬을 떠날 채비를 한 꾸러미들이
줄줄이 어깨를 맞대고
설렌 듯 나를 바라보았다

나도 덩달아
어디론가 가야 하는 것처럼
들뜬 맘으로 물끄러미 마주 보다
혼자 배시시 웃었다

몸살이 났다는 친구에게
문병 대신 마음을 실어 보내고 돌아오는 길
괜히 파도 소리 그리워 바다로 간다

파도는 내게 묻지 않는다
그저 하얀 속을 내보이며 제 노래만 부르다
노을이 내리면 고운 물로 치장하고
수줍은 눈길로 위로하듯 나를 본다

얼마나 다행인가
누군가 그리운 봄날
가만히 나를 안아주는
바다가 곁에 있으니

제목 : 봄날
시낭송 : 김락호
스마트폰으로 QR 코드를 스캔하면
시낭송을 감상할 수 있습니다

바람 부는 봄날

섬 섬마을 작은 우체국에 갔다
섬을 떠날 재비를 한 구러미들이
줄줄 이어깨를 맞대고
설레듯 나를 바라보았다
나도 덩달아 어디론가 가야하는것처럼
들뜬 맘으로 물끄러미 마주 보다
혼자 배시시 웃었다

몸살이 났다는 친구에게
문병대신 마음을 실어보내고
　돌아오는 길
괜히 파도소리 그리워 바다로 간다
파도는 내게 묻지 않는다
그저 하얀속을 내보이며 제 노래만 부르다
노을이 내리면 고운 물로 치장하고
수줍은 눈길로 위로하듯 나를 본다
　얼마나 다행인가
누군가 그리운 봄날
가만히 나를 안아주는
바다가 곁에 있으니

〈봄날〉　이정애
81

그 섬에 가고 싶다

섬에는 쪽빛 그리움이 있다
내 짝사랑은 식을 줄 몰라
그냥 그 섬이 그립다

느리게 걷다 발을 멈추면
시간이 멈추고
섬은 가슴을 열어
부드러운 속살에 입맞춤하고
오래오래 젖어보라 한다
솔숲의 달콤한 아침 향기
갯벌에 떨어지는 저녁놀
품에 가득 안아보라고
그 섬이 푸른 안개를 입고 내게 온다

삐비꽃 하얀 솜사탕 뭉게뭉게 피어
햇살에 반짝이며 물결치면
바람이 날 흔들어 춤을 추라 한다
바람이 나를 안고
나는 삐비꽃 품에 안고 춤을 춘다
아름다워서 눈물이 나던 그 봄

삐비꽃이 피면
그 섬에 가고 싶다

– 증도에서

83

섬

섬에는 쪽빛 그리움이 있다
내 짝사랑은 서울 줄 몰라
그 고향 그 섬이 그립다
느리게 걷다 발을 멈추면
시간이 멈추고
섬은 가슴을 열어
부드러운 속살에 입맞춤하고
오래오래 젖어보라 한다
놀늦의 달콤한 아침 향기
갯벌에 떨어지는 저녁놀
품에 안아보려고
그 섬이 푸른 안개를 입고 내게 온다

삐비꽃 하얀 솜사탕 뭉게뭉게 피어
햇살에 반짝이며 물결치면
바람이 날 흔들어 춤을 추라한다
바람이 나를 안고
나는 삐비꽃 풀에 안고
춤을 춘다
아름다워서 눈물이 나던 그 봄
삐비꽃 피면
그 섬에 가고 싶다

〈그 섬에 가고 싶다〉

85

봄이 떠나던 날

네가 떠나는 날
나는 준비도 없이 허둥거리다
해가 지도록 작별의 말도 못 하고
바라만 보았다

나의 작은 뜰에는 아직
작약이 피고, 별이 뜨고
푸른 나비들이 저녁 바람에 반짝이는데

창밖에 그윽하던 달빛
못다 한 말 건네려는 듯
창을 두드리는 밤

바람도 잠든 뜰에서
그리운 사람을 보듯 꽃을 바라본다
꽃잎은 달그림자에 기대어 꿈을 꾸는데
나 혼자 잠 못 이루고
꽃향기에 흔들린다

네가 떠나던 날

나는 준비도 없이 어정거리다
해가 지도록 작별의 말도 못하고
바라만 보았다
낮의 작은 뜰에는 앵두
잠앵이 피고 별이 뜨고
푸른 나비들이 저녁바람에 반짝이는데
창 밖에 그윽하던 달빛
못다한 말 걸 베려는듯
창을 두드리는 밤
바람도 잠든 뜰에서
그리운 사람을 보듯 꿈을 바라본다
꽃잎은 달 그림자 에기대어 꿈을 꾸는데
밤 혼자 잠 못 이루고
꽃 향기에 흔들린다

〈봄이 떠나던날〉 윤희

나의작은뜰에는
아끼고
작약이피고 별이뜨고
푸르는나비들이
저녁바람에 반짝이는데
창밖에그윽하던달빛
못다한말건네려는듯
창을두드리는밤

<봄이 떠나던날> 중에서

감꽃

바람이 불면 종소리가 났지
종을 닮은 감꽃들이 눈처럼 내리면
나무 아래 아이들이 모여들었지

봄바람은 나무 아래 졸고
내려앉은 꽃들은
초롱초롱 빛났지

한 아름 실에 꿰어 목에 걸면
조롱조롱 구슬보다 어여뻤어

그 나무 아래서 꽃을 바라보다
하늘을 본다
구름도 바람도 그대로인데
아이들은 어디 있을까

홍시 먹으러 마실 나오는 까치들 따라
아이들도 올지 몰라

바람이불면
종소리가났지
종을닮은감꽃들의
눈처럼내리면
나무아래아이들이모여들었지

봄바람은나무아래쓸고
내려앉은꽃들은
조롱조롱빛났지
한아름실에꿰어목에걸면
조롱조롱구슬보다어여뻤어

그나무아래서
꽃을바라보다하늘을본다
구름도바람도그대로인데
아이들은어디있을까

홍시먹으러마실나오는
까치들따라
아이들도올지몰라

〈감꽃〉

추억으로 사는 나이

지나간 봄 그리워 돌아보았네
날리던 꽃송이 아스라이 떠나고
아쉬운 듯 그림자만 손을 흔드네

꽃들이 떠나간 자리에
울적한 바람 혼자 맴돌다
내게 다가와 눈을 맞추네
애써 괜찮은 척 웃었는데
내 눈이 흔들렸나 봐

고개 들어 바라본 하늘엔
내 나이만큼 매달아 둔 별들이
안타까운 표정으로 나를 보고 있네
나이 드는 걸 서러워 말라는 듯

별 하나에 매달린 추억들이
꽃송이 되어 내게로 쏟아져 내려와
오늘도 추억 속에 잠이 드네

제

지난 간 봄 그리워 돌아보았네
날리던 꽃송이 아스라이 떠나고
아쉬운 듯 그림자만 뜰을 흐드네
꽃들이 떠나간 자리에
울적한 바람 혼자 맴돌다
내게 다가와 눈을 맞추네
애써 괜찮은 척 웃었는데
내 눈이 흔들렸나봐
고개 들어 바라본 하늘엔
내 나이만큼 매달아둔 별들이
안타까운 표정으로
나를 보고 있네
별이 드는 걸 서러워 말라는 듯
별 하나에 매달린 추억들이
꽃송이 되어
내게로 쏟아져 내려와
오늘도 추억 속에
잠이 드네   이정애

〈추억으로 사는 나이〉

93

그대와 나의 봄

꽃을 좋아하는 사람이면 좋겠어
그중에서도 이른 봄 피어나는
목련을 좋아하는 사람이면 좋겠어

가끔은 꽃샘바람에 눈물이 나도
견디어 내면 따스한 봄이 오니까

너와 나의 인연도 그러하리라
꽃을 바라보는 그대도
그대를 바라보는 나도
오롯이 행복한 봄

꽃을 좋아하는
그 사람이면 좋겠어
그중에서도 이른 봄 피어나는
목련을 좋아하는 사람이면 좋겠어
가끔은 그 꽃샘바람에 눈물이 나도
견디어내면 따스한 봄이 오니까
너와 나의 인연도
그러하리라
꽃을 바라보는 그대도
그대를 바라보는 나도
오롯이 행복한 봄

〈그대와 나의 봄〉 이정대

95

꽃밭에서

봉숭아 꽃물이
아직 남아 있을까
무심히 손톱을 바라본다
언제였는지 모를 추억들이
가지런히 나를 바라보고 있다.
매미들이 목청껏 노래하던
산골짜기 여름날이 다시 그립다.

대청마루에 누워
쪽빛 하늘 바라보다
바람이 간질이는 달콤한 유혹에
단꿈을 꾸던 시간
명주실로 묶어둔 첫사랑이
손끝에서 달아나지 않도록
오래오래 간직하자
밤새 조잘대던 산골 아이들은
모두 어디에 있을까

지금쯤 그리움이 산을 넘어
그 아이들 아마
봉숭아꽃 바라보고 있겠지
얘들아
첫사랑처럼 여름이 오고 있어

정

봉숭아꽃물이
아직 남아 있을까
무심히 손톱을 바라본다
언제였는지 모를 추억들이
가지런히 나를 바라보고 있다
매미들이 목청껏 노래하던
산골짜기 여름이다시 그립다

대청마루에 누워
쪽빛하늘 바라보다
바람이간질이는달콤한유혹에
단꿈을꾸던시간
명주실로묶어둔첫사랑이
손끝에서멀어나지안또록
오래오래간직하자
밤새조잘대던산골아이들은
모두어디에있을까
지금쯤그리움이산을넘어
그아이들아마
봉숭아꽃바라보고있겠지
애들아 첫사랑처럼
여름이오고있어
〈꽃밭에서〉 이정애

여름

톡 톡
내 잠을 깨우는 소리에
너인 줄 알았다
문을 열면 너는 없고
네 그림자 닮은 비가 내렸지

날이 저물어도
떠나지 못하는 연인들처럼
밤새 두리번거리다
선잠이 들었다가
아쉬운 듯 초초한 듯
긴 밤을 보냈다

오지 않을 것 같던 네가
밤새 비를 타고 왔다는 걸
낭창한 바람과 햇살을 만나고서 알았다

나는 새식시처럼 웃다가
괜히 쑥스러웠다
내 맘을 들킨 거 같아서

징 톡톡
너 그대 잠을 깨우는 소리에
입술 알았다
문을 열면 너는 없고
네 그림자 닮은 비가 내렸지
날이 저물어도
떠나지 못하는 **연인들**처럼
밤새 두리번거리다
선잠이 들었다가
아쉬운 듯 초조한 듯
긴 밤을 보냈다
오지 않을 것 같던 네가
밤새 비를 타고 왔다는 걸
낭창한 **바람**과
햇발을 만나고서 알았다
나는 새색시처럼 웃다가
괜히 투스러웠다
내 맘을 들켜버릴 것 같아서
〈여름〉

101

장마

창호지 작은 창이
흐린 바람에 묻혀
시간이 멈춘
동화 같은 세상

푸른 등잔불
가만히 엎드려 울고
골짜기는 아우성친다

오늘은
내 젖은 그리움
살강에 포개어 두고
아궁이 앞에서 편지를 쓴다

그리운 이여
사랑했노라
타는 장작불처럼
사랑했노라고

제목 : 장마
시낭송 : 박영애
스마트폰으로 QR 코드를 스캔하면
시낭송을 감상할 수 있습니다

휴장!

호젓한 운상이
흐린 바람에 묻혀
시간이 멈춘
동화같은 세상
푸른 등잔불을
가만히 엎드려 올려고
글자마다 아유성친다

오늘은 내 젖은 그리움
실강에 포개어 두고
아궁이 앞에서 편지를 쓴다

그리움이여
사랑했노라
타는 장작불처럼
사랑했노라고

〈장마〉 이애 굴원

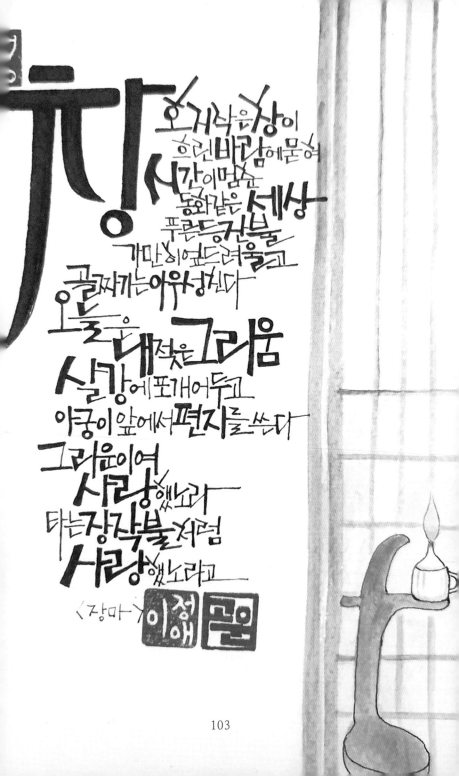

가을이 오면

간지럼 나무 붉은 꽃잎
장독대 항아리 위로
나비처럼 내려앉았다
가죽나무 꼭대기 매미는
짝을 찾아 목청껏 노래하고
마당에 흐드러진 봉숭아꽃
밤새 손끝에 물들었다

뒤뜰 고목에서 밤송이들
실없이 헤벌쭉 웃을 때
서울 간 언니 뾰족구두 신고
때때옷 사 들고 오던 가을

곱슬머리 천둥벌거숭이 소녀가 있었지
하롱하롱 떨어지는 꽃잎만 보아도
웃고 울었던 산골 아이는
세상의 숱한 비바람 온몸으로 견디느라
청춘이 아름다운 것도 모른 채 세월을 묻고 살았지

가을이 오면
다시 행복한 꿈을 꾸리라
빛바랜 청춘 불러내
꼬까옷 입혀주리라

감 지렁나무 붉은 꽃잎
장독 대항아리 위로
나비처럼 내려앉았다
가죽나무 꼭대기 매미는
짝을 찾아 목청껏 노래하고
마당에 흐드러진 봉숭아꽃
밤새 손끝에 물들었다
뒤뜰 고목에서 밤송이들
실없이 헤벌쭉 웃을때
서울간 언니 뾰족구두 신고
때때옷 사들고오던 가을

곱슬머리 천둥벌거숭이 소녀가 있었지
하롱하롱 떨어지는 꽃잎만 보아도
웃고 울었던 사골아이는
세상의 숱한 비바람
온몸으로 견디느라
청춘이 아름다웠것도 모른 채
세월을 묻고 살았지
가을이 오면 다시 행복한 꿈을 꾸리라
빛바랜 청춘 불러내
고까옷 입혀주리라

〈가을이 오면〉

107

보탑사의 가을

비구니 노승
주름진 얼굴로
꽃처럼 웃어주던 아침

들꽃 가득한 가을 산사는
바람조차 향기로워
나비는 꽃잎이었다가
바람 따라 나울나울 춤을 춘다

이른 봄부터
얼마나 많은 땀을 꽃들에게 쏟았을까

떨어진 꽃잎이 다칠까 조심스레 걷는다
노승의 미소를 밟게 될까 봐

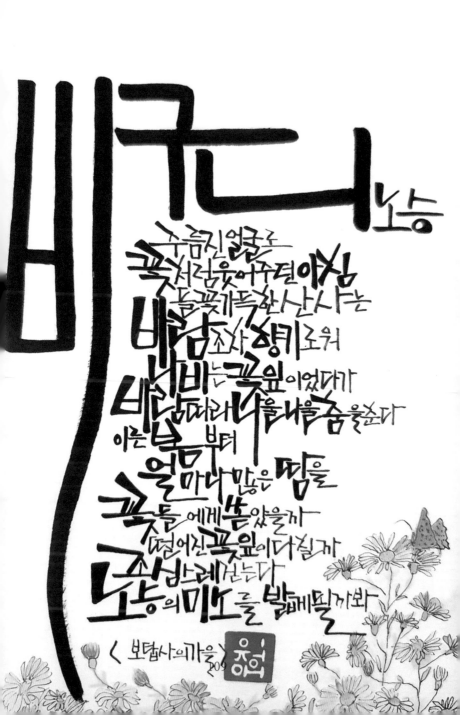

비구니 노승

구름진 얼굴주
꽃처럼 웃어주던 야심
늘 꽃가득한 산사는
바람조차 향기로워
너 비는 꽃잎이었다가
바람따라 너를 내음 춤을춘다
이는 틈틈부터
얼마나 많은 땀을
꽃들에게 쏟았을까
떨어진 꽃잎이 다칠까
조심스레 쓴다
노승의 미소를 밟게될까봐

< 보탑사의가을> 009 유희

너도 가을이 좋으니?

내 뺨을 어루만지는
바람이 향기롭다

내 입술에 포개지는
햇살이 달콤하다

쪽빛 하늘이 하영 깊어서
나는 눈을 감는다

너도 가을이 좋으니?

너

밤을 어루만지는
바람이 향기롭다
내 입술에 포개지는
햇살이 달콤하다
쪽빛 하늘이
하염없어서
나는 눈을 감는다
너도 가을이 좋으니?

〈너도 가을이 좋으니?〉 융헌

111

가을 아침

아침 산책길에 작은 풀꽃
너와 함께 보니
참 어여쁘다.

물가에 가득한 새들의 노래
그 신비한 날갯짓도
너와 함께 보니
참 아름답다

쪽빛 하늘이 너의 눈 속에서
꽃으로 피어나는 가을 아침
바라는 대로 이루어지는
너와 나의 꿈결 같은 시간

아침 산책길에 작은 풀꽃
너와 함께 보니
참 어여쁘다
물가에 가득한 새들의 노래
그 싱그런 날갯짓도
너와 함께 보니
참 아름답다
쪽빛 하늘이 너의 눈 속에서
꽃으로 피어나는 가을 아침
바라는 대로 이루어지는
너와 나의 숨결 같은 시간

〈가을아침〉 이정애

나는 울었네

스러지는 단풍잎이
하도 고와서
나는 울었네

바다에 내리는 빗방울이
내 눈물 같아서
나는 울었네

대숲에 흐르는 바람의 노래가
너를 닮아서
나는 울었네

차마 가을을 보내지 못하여
나는 또 울었네

스러지는 단풍잎이 하도 고와서
나는 울었네
비타에 내리는 빗방울이
내 눈물 같아서
나는 울었네
대숲에 흐르는 바람의 노래가
너를 닮아서
나는 울었네
저 마가을을 보내지 못하여
나는 또 울었네

유언 군

〈나는 울었네〉

115

너는 아니

가을이 내게 묻는다
너는 어떤 빛깔이냐고

나는 불꽃같은 청춘을
살고 싶었어

나는 천일홍 같은 사랑을
하고 싶었어

나는 구절초처럼 향기로운
여자이고 싶었어

그러나 나는 그냥
무채색의 나로 살고 있었지

가을아 너는 아니?
내가 어떤 색으로
물들어 가는지

제목 : 너는 아니
시낭송 : 최명자
스마트폰으로 QR 코드를 스캔하면
시낭송을 감상할 수 있습니다

116

가을이 내게 묻는다
너는 어떤 빛깔이냐고
나는 물망초 같은 청순을
살고 싶었어
나는 선인홍 같은 사랑을
하고 싶었어
나는 구절초 처럼 향기로운
여자이고 싶었어
그러나 나는 그냥
무채색의 나로
살고 있었지
가을아 나는 아니?
내가 어떤 색으로
물들어 가는지

〈너는 아니?〉

겨울, 병산서원

홍매화 붉은 치마 나부끼던 봄날엔
눈으로도 안아주지 못했네

배롱나무 연분홍 꽃비에 젖어
속절없이 황홀했던 여름날엔
짐짓 모르는 척 눈을 감았네

겨울 찬바람에 말라버린 꽃망울 뒤로
오롯이 알몸으로 내 앞에 선
그대를 만나고서 알았네
천년이 지나도 시들지 않는 꽃이
그대라는 걸
참 아름답다 그대.

-2023.12 안동 병산서원의 아름다움에 반하다.

제목 : 겨울, 병산서원
시낭송 : 박영애
스마트폰으로 QR 코드를 스캔하면
시낭송을 감상할 수 있습니다

정

홍매화붉은치마
나부끼던 봄날엔
눈으로도 안아주지 못했네
배롱나무 연분홍 꽃비에 젖어
주절없이 황홀했던 여름날엔
짐짓 모르는척 눈을 감았네
겨울 찬바람에
말라버린 꽃망울 뒤로
오롯이 알몸으로 내앞에선
그대를 만나고서 알았네
천년이 지나도 시들지 않는 꽃이
그대라는걸
참 아름답다 그대

〈겨울, 병산서원〉
병산서원의 아름다움에 반하다
2023. 12

이정애

119

겨울 바다

어제는 파도를 보며 괜히
바람 탓이라고
투덜거렸습니다

오늘은 바람 잔잔하니
파도는 왜 잠만 자느냐고
심통을 부렸습니다

내일은 아마
하늘은 왜 이리 맑으냐고
노을은 왜 저리 붉은 거냐고
울먹일 테지요

그대 지금 곁에 있다면
겨울 바다
참으로 눈부셔
어쩔 줄 모를 텐데요

제목 : **겨울 바다**
시낭송 : **최명자**
스마트폰으로 QR 코드를 스캔하면
시낭송을 감상할 수 있습니다

어제는 괘히
파도를 보며
바람 탓이라고
투덜거렸습니다
오늘은
바람 잔잔하니
파도는 왜 잠만 자느냐고
심통을 부렸습니다
내일은 아마
하늘은 왜 이리 맑으냐고
노을은 왜 저리 붉은 거냐고
울먹일 테지요
그대 지금 곁에 있다면
겨울바다
잠으로 눈부셔
어쩔 줄 모를 텐데요

〈 겨울바다 〉 이정애

121

그리움

겨울 숲에서
바람이
소리 내어 우는 날

너 없는
내 가슴엔
슬픈 바람 소리 가득하고

내 그리움은
겨우내
빈 가지만 흔드는데

기대어 설
너의 어깨는
왜 나를 비켜만 가는지

오늘도
숲은 바람을 안고
홀로 흐느낀다.

겨울 숲에서
바람이
노래내어우는 날
너 없는 내가슴엔
늘푼 바람소리 가득하고
내 그리움은
겨우내
빈 가지만 흔드는데
기대어설
너의 어깨는
왜 나를 비켜만가는지
오늘도
숲은 바람을 안고
홀로 흐느낀다
〈그리움〉 이정애

노을

내가 좋아하는
꽃이 피는 날
그대가 좋아하는
노을 보러 가고 싶다

바다가 있고
꽃보다 아름다운 그
대가 있다면
그보다 더 좋은 날 있을까

내가 좋아하는
꽃이 피는 날
그대가 좋아하는
그 노을 보려 가고 싶다
바다가 있고
꽃보다 아름다운
그대가 있다면
보다 더
좋은 날 있을까

〈노을〉

125

오늘이
얼마나 소중하고 아름다운 날인지
미처 깨닫지 못해도
소홀히 보내지 말자
하루를 소중히 여기지 않으면
인생의 어느 것도
가치 있는 것이 되지 못한다

2024. 6.

Jeonghee

127

내마음을어루만져주세요

이정애 시집

2024년 7월 10일 초판 1쇄
2024년 7월 12일 발행
지 은 이 : 이정애
펴 낸 이 : 김락호
디자인 편집 : 이은희
기 획 : 시사랑음악사랑
연 락 처 : 1899-1341
홈페이지 주소 : www.poemmusic.net
E-Mail : poemarts@hanmail.net

정가 : 15,000원
ISBN : 979-11-6284-536-3